Albert Mérat

L'adieu

Antigonos

Albert Mérat

L'adieu

Réimpression inchangée de l'édition originale de 1873.

1ère édition 2024 | ISBN: 978-3-38819-300-7

Antigonos Verlag est une marque de Outlook Verlagsgesellschaft mbH.

Verlag (Éditeur): Outlook Verlag GmbH, Zeilweg 44, 60439 Frankfurt, Deutschland, info@outlook-verlag.de
Vertretungsberechtigt (Représentant autorisé): E. Roepke, Zeilweg 44, 60439 Frankfurt, Deutschland
Druck (Imprimerie): Libri Plureos GmbH, Friedensallee 273, 22763 Hamburg, Deutschland

L'ADIEU

DU MÊME AUTEUR

LES CHIMÈRES
Poésies couronnées par l'Académie française
(2ᵉ édition)

L'IDOLE
Sonnets

LES SOUVENIRS
Sonnets

LES VILLES DE MARBRE
Poëmes

En préparation :

POËMES DE MON PAYS
LES CAMÉES

ALBERT MÉRAT ET LÉON VALADE

AVRIL, MAI, JUIN
Sonnets (épuisé)

INTERMEZZO
Poëme traduit de Henri Heine

Paris. — Impr. J. Claye, 7, r. Saint-Benoît. — |311|

ALBERT MÉRAT

L'ADIEU

PARIS

ALPHONSE LEMERRE, EDITEUR

27-29, PASSAGE CHOISEUL, 27 29

—

1873

L'ADIEU

I

Oh! pourquoi partir sans adieux?
Pourquoi m'ôter ton doux visage,
Tes lèvres chères et tes yeux
Où je n'ai pas lu ce présage?

Pourquoi sans un mot de regret?
Est-ce que l'heure était venue?
Si ton cœur, hélas! était prêt,
Je ne t'aurais pas retenue.

Pourquoi t'oublîrais-je? La main
De qui me vint cette blessure
Eut ce cher caprice inhumain,
Et pour me frapper fut peu sûre

II

J'ai là, devant moi, son portrait.
Regardez : la tête est jolie
Délicatement, sans apprêt...
Je ne l'avais pas embellie.

Ce ~~qu'on vantait~~, c'étaient ses yeux,
Beaux parfois d'un ~~éclair farouche~~.
Qu'importe ! je n'aimais pas mieux
Baiser ses chers yeux que sa bouche.

Les ciels charmants me sont fermés.
Était-elle pire ou meilleure
Que la femme que vous aimez?
Je ne le sais pas, mais je pleure.

III

Ne leur en veuillons pas :
Nos pauvres amoureuses
Suivent à petits pas
Des routes plus heureuses.

Paris ne leur vaut rien :
On y fait des folies.
Elles nous aiment bien
Tant qu'elles sont jolies.

Que faire ? Les laisser
S'enfuir à tire-d'ailes,
Et puis ne pas cesser
De nous souvenir d'elles.

IV

Il reste la mélancolie
Quand le bonheur s'en est allé.
Alors il faut bien qu'on oublie
Ou qu'on ne soit pas consolé.

Mais, comme l'oubli serait pire,
Sans le vouloir on se souvient,
Et la lèvre essaye un sourire
Qu'un effort cruel y retient.

Souvenir, oubli, même chose,
Faite de douceur et de fiel !
— Porte d'amour ouverte et close,
Azur et tristesse du ciel !

V.

Non, tu ne m'as rien emporté !
C'est encor moi qui te possède ;
J'ai gardé toute ta beauté ;
A nul autre je ne te cède !

Écoute ! L'homme à qui tes bras
Ouvrent le ciel de tes caresses,
Quoi qu'il fasse, ne t'aura pas,
O la plus belle des maîtresses !

J'ai mis à l'abri mes trésors
Comme un avare statuaire ;
Et la merveille de ton corps
A mon âme pour sanctuaire.

VI

C'était le bruit de sa bottine
A travers ce que je rêvais,
Ou sa tête penchée et fine
Près de mon front, quand j'écrivais.

Elle fit ce manége d'ange
Deux beaux étés et deux hivers.
Je disais : « Cela me dérange,
« Et je ne ferai pas de vers. »

Elle remuait tout de même ;
La plume me tombait des doigts.
— Parfums légers de ce qu'on aime,
Musique éteinte de sa voix !

VII

Un jour nous étions en bateau :
Elle voulut manger des mûres.
— Le bord, c'est presque le coteau,
Avec les bois pleins de murmures.

Vous savez quels soleils charmants
Tombent à midi sur nos plaines.
— Penchée en de fins mouvements,
Toute rouge, les deux mains pleines,

Parmi les feuillages brisés
Où quelque merle s'effarouche,
Elle noircit de ses baisers
Mes paupières et puis ma bouche.

VII.

L'eau coulait au bord des prés,
Loin de nos mélancolies.
— Les gazons sont diaprés,
Toutes les fleurs sont jolies.

Tu te souviens, les oiseaux
Chantaient des épithalames,
Et les tiges des roseaux
Frissonnaient comme nos âmes.

Nous fûmes de longs instants
Sans parole et sans sourire...
Point de baisers ! — Le printemps
N'eut cette fois rien à dire.

IX

Les caresses, ailes de l'âme,
Par le chemin du souvenir,
S'en vont, tremblantes, vers la femme
Que l'on n'a pas su retenir.

O caresses ! choses légères,
Au vol fidèle, au rhythme sûr,
Suivant les chères passagères
Près de la fange ou dans l'azur ;

Il se peut que je la revoie
Ou que vienne l'oubli vainqueur,
Mais vers elle je vous envoie,
Loûrdes des chaînes de mon cœur.

X

Je n'aimerai jamais que toi...
A moins qu'une femme ne m'aime,
Et ne me donne aussi sa foi
Pour me la reprendre de même.

Car, vois-tu, nous ne pouvons pas,
Si forte qu'en soit notre envie,
Aux liens frêles de vos bras
Dérober jamais notre vie.

Nous prenons nos amours brisés
Pour nous en forger d'autres chaînes.
— O contagion des baisers,
Défaillances toujours prochaines !

XI

Du temps que tu fus tout mon bien,
Ô tête bien-aimée et folle,
Par caprice tu voulais bien
Voir à mon front une auréole.

Dans les tableaux, un nimbe d'or
Luit sur la tête des apôtres ;
Nous n'avons pas ce beau décor :
Nous sommes faits comme les autres.

Les sonnets les plus triomphants
Se font très-simplement en somme.
Si les femmes sont des enfants,
Un poëte n'est rien qu'un homme.

XII

« Toujours l'extase des baisers !
« Ne boire que la fleur des choses !
« Les printemps sont malavisés ;
« Les roses ont tort d'être roses.

« Avoir toujours un oiseau bleu
« Qui vous sautille dans la tête !
« Il vaut bien mieux nous dire adieu,
« C'est gentil et c'est très-honnête.

« Ton cœur n'aura qu'à se fermer ;
« Et puis, vois-tu, j'ai cette envie :
« Être heureuse, ne pas aimer,
« N'avoir plus cela dans ma vie ! »

XIII

Nous nous rencontrerons
Quelquefois par la ville,
Et nous nous salûrons
D'une façon civile.

Un souvenir tout bas
Nous parlera peut-être,
Ou bien nous n'aurons pas
L'air de nous reconnaître;

Chacun de son côté,
Sans que l'autre s'étonne...
— Les fleurs naissent l'été
Et meurent à l'automne.

XIV

J'ai fait ce rêve bien souvent,
Qui mettait mon cœur en détresse :
L'amour, soufflant comme le vent,
Avait emporté ma maîtresse.

Mais au matin quel beau réveil !
A mes yeux et dans mes oreilles,
C'étaient ses yeux comme un soleil
Et des paroles sans pareilles.

Maintenant presque chaque nuit
Je fais encor ce mauvais rêve :
C'est le regret qui le conduit
Et l'amertume qui l'achève.

XV

Son désordre était charmant :
On eût dit beaucoup de fées
Dans un tourbillonnement
Légères et décoiffées.

Seule, elle faisait cela ;
Je riais de la voir rire.
— Un jour elle s'envola :
Puisse l'air bleu la conduire !

Bien souvent j'ai découvert,
Tout en cherchant autre chose,
Du fil dans un livre ouvert
Et, dans mes vers, un nœud rose.

XVI

J'ai mêlé ma vie à la tienne,
Toutes mes nuits et tous mes jours,
Sans que la crainte me retienne
D'être enfin seul et sans recours.

Lorsque j'ai voulu la reprendre,
Je me suis, hélas ! aperçu
Que, dans ce rêve long et tendre,
J'ai beaucoup donné, peu reçu.

Je gardais de l'heure passée
Des chaînes blanches à mon cou :
Mais mon esprit et ma pensée
Étaient allés je ne sais où.

XVII

Les étoiles ne me sont rien,
Et je ne saurais rien leur dire.
Un même éclat qui les vaut bien
Fait ton regard et ton sourire.

Ceux qui, niant un bien réel,
Cherchent les astres sous leurs voiles,
Se trompent : ce n'est pas au ciel
Que sont les plus douces étoiles.

L'éclat des yeux, bien plus certain,
Est meilleur parce qu'il est nôtre.
Il se lève soir et matin;
C'est la nuit seule qui fait l'autre.

XVIII

Oн! les mauvais dîners charmants
Couvrant un seul bout de la table,
Les faciles raffinements,
Et le bonheur inévitable !

C'était trop chaud, c'était trop froid,
Selon le hasard ou ta guise ;
Ton sourire m'ôtait le droit
De nier cette chère exquise.

Nous ferons des repas meilleurs
Certainement un jour ou l'autre,
Mais toi, tu les feras ailleurs,
Et ma table n'est plus la nôtre.

XIX

Les poëtes sont des rois
En effet très-ridicules.
Ils ont peut-être des droits
Sur les vagues crépuscules,

Sur les nuits, sur les soleils,
Sur les choses ténébreuses,
Et sur les baisers vermeils
De leurs belles amoureuses.

Ils ne peuvent, tout est là !
A la femme brune ou blonde,
Sauf leurs rimes de gala,
Donner les biens de ce monde.

XX

Quand on est heureux, on n'a pas d'histoire.
On se cache, on s'aime à l'ombre, tout bas ;
Rien de glorieux, pas de fait notoire ;
Le monde oublié ne vous connaît pas.

Si quelqu'un pourtant, avec un sourire,
Dit, en vous voyant fuir l'éclat du jour :
« Ce sont des hiboux ! » eh bien, laissez dire...
Ce sont des oiseaux éblouis d'amour.

Quand le baiser fait la parole vaine,
On s'en va, muets, dans les grands prés verts.
— Loin de mon bonheur, je fixe ma peine
Sur l'émail fragile et bleu de mes vers.

XXI

Comment aurait-elle pu,
Quand je le pouvais à peine,
Renouer le fil rompu
De notre vie incertaine?

Les baisers sont des baisers,
Les caresses, des caresses.
Les bonheurs sont malaisés
Quand on n'a que ces richesses.

Le soir même, doux et clair,
Conspire à donner la fièvre.
Plein d'étoiles, il a l'air
D'une vitrine d'orfévre.

XXII

Ce qui m'arrive est affreux :
Elle est morte, je l'enterre.
L'adieu fut très-douloureux ;
Mais je commence à me taire.

J'ai, comme on jette des fleurs
Sur les blancs cercueils des mortes,
Versé sur elle des pleurs
Et des fleurs de toutes sortes.

Je demeure seul, hélas !
Avec ma mélancolie.
— Voici venir les lilas
Dont le parfum dit : oublie.

XXIII

Quand les malheureux ont l'été
Et le soleil pour leur sourire,
Il semble qu'un peu de gaîté
Vienne atténuer leur martyre.

Mais l'hiver, quand il fait si froid,
Malgré la force coutumière,
L'espérance cède et décroît
Ainsi que la douce lumière.

Avant que le ciel ne soit bleu,
L'amant triste, la lèvre aride,
N'a plus même le coin du feu,
Où la place laissée est vide.

XXIV

Si je n'étais pas assez bon,
Vois-tu, tu devais me le dire.
J'ai l'habitude du pardon
Comme toi celle du sourire.

L'amant a dans son cœur le ciel :
Mais, s'il y passe des nuées,
Les heures d'amour éternel
En sont parfois diminuées.

J'aurais tâché d'être meilleur,
Et, sans en rien faire paraître,
J'aurais prolongé mon bonheur
Et ton bonheur aussi, peut-être.

XXV

Dans la forêt mouillée et verte,
Comme deux rudes compagnons,
Nous allions à la découverte
Cueillir au loin des champignons.

Nous n'y connaissions pas grand'chose ;
Comme des enfants, tous les deux,
Nous goûtions leur chair blanche et rose ;
C'était peut-être hasardeux.

Mais nous ne nous empoisonnâmes
Pas même un peu, pas même un jour.
Nos estomacs valaient nos âmes,
Et nous avions beaucoup d'amour.

XXVI

Te souviens-tu de ce matin d'hiver,
De la dernière et chère promenade ?
Il faisait beau, le soleil était clair :
C'était un temps d'heureux ou de malade.

C'était aussi notre pays charmant,
Le fleuve lent et sa rive un peu plate ;
Et les coteaux qui dressent finement
Au bord du ciel leur forme délicate ;

Et je pensais : les pentes de velours
Verront encor la belle promeneuse,
Aux mois si doux où l'été fait les jours
Longs et pareils à l'âme lumineuse.

XXVII

En vain ma force se roidit.
C'est bien fini : je l'ai revue.
Elle était gaie. On aurait dit
Que je ne l'avais pas connue.

Quel changement subit et grand
Pourquoi suis-je resté le même?
Son beau visage indifférent
Est à peine celui que j'aime.

Puisse l'oubli venir pour moi
De la douce vie ancienne !
— Ou bien, par une juste loi,
Qu'elle, un jour aussi, se souvienne !

XXVIII

Il ne faut pas les appeler cruelles :
Elles le sont tout naturellement,
Comme les fleurs, quelquefois les plus belles,
Dont le parfum fait qu'on meurt en dormant.

Quand la fraîcheur pure de leur haleine
Embaume l'air et flotte autour de nous,
C'est un vertige, et la chambre en est pleine,
Et des langueurs fléchissent nos genoux.

C'est leur vertu, ce n'est pas leur envie
D'être un péril : tout poison est normal.
O douces fleurs, ô roses de la vie,
Vous exhalez le bien comme le mal !

XXIX

Non, je ne te réclame rien ;
Conserve de l'heure passée
Tout ce que tu pris de mon bien
Mon cœur, hélas ! et ma pensée.

Tu pourras en avoir besoin
En ces tristes nuits sans délire
Où l'on pleurerait dans un coin,
Si l'on pouvait, au lieu de rire.

Dans ton cœur à peine fermé
Souffre que le regret s'attarde.
— Le souvenir d'avoir aimé
Te suive longtemps, et te garde !

XXX

Ce n'est pas moi qui dois pleurer,
Et ce n'est pas moi qu'il faut plaindre :
Je puis encore t'adorer ;
L'oubli ne saurait pas m'atteindre.

C'est toi, bientôt, qui t'en iras,
Ne sachant plus comment on aime,
Jeter, hélas ! en d'autres bras
Le blanc fantôme de toi-même.

Dans ton cœur dévasté l'oubli
Sèche les fleurs à peine écloses.
— Sur mon amour enseveli
Le temps fera fleurir des roses.

XXXI

Quand tu n'auras plus ton beau sein,
Ni la douceur de ton haleine,
Ni l'éclat rose et le dessin
De ta joue adorable et pleine,

Alors je serai presque vieux :
Mon heure aussi sera passée,
Mais l'âge aura mis dans mes yeux
Et sur mon-front plus de pensée

Ton cœur sera triste et déçu
Et tu songeras : « Lui, peut-être,
« Ne se serait pas aperçu,
« Ou ne l'eût pas laissé paraître. »

XXXII

A m'avouer pour son amant
Il faudra bien qu'on s'habitue.
— Du marbre pur, rose et charmant,
J'ai fait jaillir une statue.

J'ai taillé le bloc de façon
Que ma main s'y puisse connaître ;
Et l'on doit garder le soupçon
Que je demeurerai son maître.

Des bras pourront la posséder
Et fléchir sous sa blanche étreinte ;
Nul œil jaloux la regarder,
Sans qu'il y trouve mon empreinte !

XXXIII

Tu peux bien ne pas revenir
Si c'est à présent ton envie ;
Mais redoute mon souvenir,
Qui, malgré toi, t'aura suivie

Dans les songes des nuits d'été
Des étoiles étaient écloses.
Ton pied cher, sans but arrêté.
A perdu le chemin des roses

Il n'est de loin pas de retour.
Les sources claires sont taries
Où tu mirais ton pauvre amour...
Les petites fleurs sont flétries !

XXXIV

Pourquoi la renier ?
Je n'ai pas de colère.
O mon amour dernier,
O chose bleue et claire !

Pourquoi me souvenir
Qu'elle me fût amère ?
J'aime mieux retenir
Par l'aile ma chimère.

Le pardon est plus doux. .
Mon adieu se colore
D'un regret sans courroux,
D'avoir perdu l'aurore.

TABLE